Armo ja totuus ilmestyivät Kristuksessa

Armo ja totuus ilmestyivät Kristuksessa

Paavo Räisänen

Olen julkaissut aiemmin BoD:in kustantamana useita kirjoja.
Kirjailija sivuni: www.kirja-lakka.com

Kustantaja: BoD · Books on Demand,
Mannerheimintie 12 B, 00100 Helsinki, bod@bod.fi
Kirjapaino: Libri Plureos GmbH,
Friedensallee 273, 22763 Hampuri, Saksa
ISBN: 978-952-80-9611-5

1

Syntiinlankeemus

Eeva ja käärme
hedelmä, miksi petti
halu tietää kaikki
kuin Jumala
tuntea ihminen
tutkia hänen salaisuuttaan

Adam vietelty
kun he astuivat ulos Paratiisista
tieto
sen himo vaivasi
ei tyytynyt osaan pienen ihmisen

Ei Paratiisin lankeemus
ollut himo lihaan
vaan tietoon

naisen halu tuntea ihminen

miehen

tietää kaikki

hallita sillä

Halusta tuntea ihminen

tuntea hänen lihansa

tuli saastainen himo lihaan

ensin heidän himonsa

oli puhdas

Jos he olisivat katuneet Jumalan

edessä

Jumala olisi antanut anteeksi

mutta että he lymysivät

eivät tulleet Luojansa eteen

vastaamaan teoistaan

pyytämään anteeksi

miten tämän ajan ihminen

valhetiedon vallassa

tunnustaako pienuutensa

Jumalan edessä

nöyrtyykö parannukseen

harhaopista

Jumala tarjoaa armoa

katuvalle

katumattoman osa ei ole helppo

helvetin tulessa

mutta joka syntinsä tunnustaa

ja katuu

kuulee armoevankeliumin

synnit saa uskoa anteeksi

nimessä,veressä Jeesuksen

Tämä on musiikki-kuva videona Youtube kanavallani.jolle on linkki kirjailija sivuiltani kirja-lakka.com.samoin seuraava runo.

Siion, juhlakaupunki

”Ei kaupunkia,joka on perustettu vuorelle,

voi peittää”

kaikuu vuorelta armon sanoma

katuvalle

lain saarna julistaa tuomion

synnin juoksusta

Kaupungin kuningas on Jeesus

Veriylkämme

mies.joka kuoli edestämme

poika

Nouse Siion

loista

Herran kunnia loistaa ylitsesi

säteilee muureiltasi

vapaana kulkee kansa muurien sisällä
ympärillä vaanivat sudet
raatelevat
vetävät armon lapsia
lain alle

Morsian
on Siionin kaunistus
Yljälle kihlattu
saa kerran päähänsä
voittajan kruunun
vierellä Ylkänsä
päähän voittajan
painetaan kunnian kruunu

Ketään ei kruunata matkalla
on uskovaisen osa kärsimystä
pilkkaa vainoa
maailman synnin keskellä

turmelus painaa

oma huonous ahdistaa

Evankeliumi on voima

tiellä taivaltaa

Kutsu kiirii yli koko maan piirin

tulkaa ja katsokaa

kuoleman voittaja on keskellämme

odottaa katuvaa

synnit saarnataan anteeksi

nimessä ja veressä Jeesuksen

2

tulevat opettajat
Raamattu ennustaa
jotka saarnaavat ihmisille
oman korvasyyhynsä mukaan
ihmiset mieltyvät heihin
tämän päivän opettaja
oppi kuinka menestyä
kuinka elää synnissä sivistyneesti
haalia rahaa
toista riistämällä
markkinapsykologia
kuinka vaikuttaa ihmisten mielihaluihin.
lasten kasvatukseen
he antavat hempeät opit
joista Raamattu varoitti
"joka vitsaa säästää.vihaa lastaan"
opetti Jumala Raamatussa
lapsi tarvitsee rakkautta
myös rajoja
häntä kohtaan ei saa olla hempeä
synnistä on puhuttava.puhuteltava
ihmisten mielihalu on kuunnella saarnaajaa
joka antaa synnin luvalliseksi.
kadotuksen ansa

”Joka palaa ja katuu.saa armon.”

Jeesus oli sanonut

fariseukset tekivät Pyhän Hengen pilkan

ei saa taivaassa eikä maan päällä anteeksi

fariseukset palasivat

heillä oli mukanaan sotilaat

keihäät ja miekat

katuivatko he

Lestadius
profeetta, jonka Jumala herätti Lappiin
ennusti tästä päivästä
saarnasi jo ennalta siitä
tulevat armon varkaat
he sanovat uskovansa
eivät ota vastaan Jumalan Valtakuntaa
tulevat rehelliset varkaat
he ahneudessaan vievät leivän köyhän pöydästä
jotta rikastuvat itse
saavat talouskasvua
siviät huorat
hän saarnasi
naiset ja miehet
naivat keskenään
eivät ota avioliittoa
hylkäävät lapsensa
opettavat kadottaville teille
niin kotona kuin kouluissa
raittiit juomarit
sivistyneesti he istuvat viinipöydissä
pöydässä istuu väärä opettaja
saatana ihmislihassa
tarjoaa, opettaa opin
luvallisesta synnistä

saatana.käärme.

on herrasmies

syntiin langennut

käärmeen.madon.

sisälleen ottanut

tekee naisen huorin

kertoo järkyttyneelle naiselle

kuinka kaunista on seksuaalisuus

kuinka hän

käärme.mies.

palvelee naista

on hänen suojelijansa Jeesuksen oppia vastaan

täyttää aina naisen toiveet

ihana mies

sanoo nainen

petetty

käärme.mato.

on miespuolinen enkeli

ilman siipiä

ajettiin Paratiisista maan päälle

ilman miestä

tuomittuna

otti miehen homotekona pojalta

tekee huorin

opettaa oppinsa sille

jonka kanssa makaa

sillä ihminen

peräänty huorinteossa hänen edessään

ei kestä

kuulee valehdellun totuuden

Jumala on kieltänyt mieheltä järjen käytön.saatanan ensimmäinen todellinen järkiase oli filosofia.se hyökkäsi sillä Raamattua vastaan ja vaati selityksen kaikelle.teologia on saatanan järkiase.vaatia selitys Raamatun tekstille.

3

Jumala sanoi Paavalin kautta:laki on hyvä.lain kolmas käyttö on väärä oppi.se on saatana.joka vaatii selityksen kaikelle.ja vaatii opin joka asiasta.miten perustella Raamatun Sana.minä en edelleenkään osaa selittää lakia Siionissa kuin Raamatun sanoin:emmepä me silti laitta ole.

tämän takia uskomme on hulluna pidetty oppi.kuuluu vedota vain Raamattuun.emme osaa selittää kaikkea teologisesti.

näette nyt.mitä saatana kirkossa teki.hän käski mm pohtia.mistä Pyhä Henki on lähtöisin.Jumala ei antanut siitä ilmoitusta.miksi piti pohtia ihmiselle käsittämätöntä asiaa.joka sai aikaan hajaannuksia kirkossa.

Pyhä Henki on Jumalan kolmas persoona.se asuu ihmisessä.Raamattu sanoo:sen tekstin ovat uskovaiset miehet kirjoittaneet Pyhän Hengen vaikuttamina.ilmoitus oli suora Jumalan puhe tai enkeli ilmoitus.

Pyhän Hengen lahjan saa.kun uskoo syntinsä anteeksi uskovaisen ihmisen saarnaamana.Pyhä Henki siis saadaan uskovaisen ihmisen kautta.

saatana keksi opin seksuaalisuudesta.se halusi hallita ihmisen ruumista ja mieltä ja tehdä ihmisiä ja heidän aivojaan.ja ruumistaan ja hallita ihmiseen Jumalan luomaa himoa.

oppi seksuaalisuudesta vääristää Jumalan luoman ihmisen.se tuo saastaisen himon Jumalan luoman puhtaan himon tilalle.joka vain harvoin on puhdasta.koska ikiajoin saatana on saastuttanut sitä jollain tavoin.

Daavid lankesi taistelussa Goljatin kanssa voitettuaan hänet.ruumista ei saa häpäistä.edes vihollisen ruumista.Daavid ei saanut leikata Goljatin päätä irti ja esitellä sitä.Hänen kuului antaa kunnia voitosta yksin Jumalalle.

saatana kosti rohkeimman sotilaansa kuoleman.hän vietteli Batseban kaatamaan valtaistuimen.sytyttämällä Daavidiin himon.Uria tiesi vaimonsa lankeamuksen.olisi antanut Daavidille teon anteeksi.jos Daavid olisi pyytänyt.

Daavid otti lopulta Batseban vaimokseen.Batseba sai lankeemuksensa anteeksi.

Kuinka saatana valehteli syntiinlankeemuksen.hän käytti hyväkseen Eevan himoa tietää kaikki.olla Jumalan vertainen.Eeva alkoi valehdella.mies himoitsee häntä.se on hänen syntinsä.Eeva halusi puolestaan ymmärtää ihmisestä kaiken.sen hän sanoi oikeudekseen.

Eevan himo tietää ja tutkia ihminen.toi himoon synnin.sillä Eevan halu oli saatanan viettelys.saatana löi häneen näin piikkejään.

Jumala kielsi naispappeuden Raamatussa.oli käärme.mato.joka vihasi Jumalaa ja Jumalan maailmaa.haluaa ikuisesti kaataa sen.sotia sitä vastaan.naispappeutta ei saanut aikaan kapinoiva nainen.vaan käärme.mies.enkeli.saatana ilman siipiä.hän puhui naisten oikeuksista.sai aikoinaan naiset barrikadeille.tekemällä heidän kanssaan huorin.saattamalla pelon valtaan.sanomalla:olen palvelijasi.saat naisten oikeudet.tasa arvon.käärme vihasi Jeesusta.joka polki hänen päänsä rikki ristillä.nosti naispappeuden aseekseen Häntä vastaan.teki yhdessä henkivaltojen kanssa antikristuksen ja huorin tehneen Jeesuksen kirkon Jeesukseksi.

4

Vanhan Testamentin käärme.jonka pään Jeesus polki rikki ristillä.oli mies.saatana.enkeli ilman siipiä.se ajettiin ulos Paratiisista miehettömänä.teki homoteon pojan kanssa.otti näin miehen.päänsä.näette.homolain.käärme vaati päänsä takaisin.sille ei riittänyt maallinen laki.se vaati piispojen päätöksen.kirkolliskokouksen ja oikeuden nousta presidentiksi.armeijan.poliisin ja vallan maan päällä.

”Joka vitsaa säästää. Hän vihaa lastaan.” Sanoi Jumala käskyn Pyhän. Sillä poika on kuriton. Hän on poika. Isä rakastaen vitsalla kurittaa hänen lihansa. Näin hänen lihastaan tulee mies. Hän oppii Herran käskyt. Oppii kuuntelemaan Jumalaa. Oli ylipappi Eeli. Hän oli hempeä kasvattaja. Hän antoi poikiensa elää synnissä. Jumala rankaisi poikia ja ylipappi Eeliä kuolemalla. Ylipappi Eeli vihasi lapsiaan. Hän ei noudattanut Jumalan säätyjä. Kasvattaa lasta. Herran lain ja opetuksen ihanassa, rakastavassa valossa. Sillä Jumala on rakkaus. ”Jokaista poikaa, jota minä rakastan, minä myös nuhtelen ja kuritan.” Näin sanoo Herra. Ihmisen ja sielujen tuntija. Ihminen kielsi Jumalan. Kuunteli saatanaa. Antoi lapsen lihan saatanalle. Ilman vitsaa saatana kasvatti. Sillä hän vihaa lasta, Jumalaa ja ihmistä.

Synti ei tullut maailmaan siksi, että käärme vietteli ensin Eevan ja sitten Adamin lankeamaan ottamaan kielletyn puun hedelmä. Mutta että Adam lymysi. Hän ei seissyt suorana Jumalan edessä vaimonsa kanssa ja vastannut teostaan ja pyytänyt anteeksi, sillä Jumala olisi antanut vielä heille anteeksi, sillä Hän antaa katuvalle armon. Ja tämän lankeemuksen Jeesus sovitti ristillä. Hän ei ollut tehnyt yhtään syntiä. Silti Hän oli yksin Jumalan edessä, kärsi Hänen uhritulensa vihan ja otti tuomion, joka meille oli langetettu ja heitti henkensä isänsä käsiin, kuoli, haudattiin, nousi kuolleista ja kulkee veljenä keskellämme ja on kotiemme Herra, jota saatanan murhamiehet vainoavat.

saatana vihasi ihmistä.hän keksi opin.kaikki on sairautta.tunnetut historian henkilöt.diagnosoi.profeetat olivat hänen mukaansa hulluja.heillä oli kirkas usko.saatana keksi.kaikki.mikä on häntä vastaan.on sairautta.

saatana diagnosoi jokaisen ihmisen liikkeen.hän halusi hallita ihmistä.seksuaalisuus ja ihmisen halu olla itsensä herra.olivat hänen aseensa.

näin saatana kokosi valtakuntansa.kerran kukistuvan.

saatana halusi hallita lasta.hän tiesi.Jumala loi ihmiseen himon.joka ei ole synti.hän tuli jo pienenä lapsen luo.iski hänen ymmärtämättömään lihaansa himonsa piikkejä.joita voisi myöhemmin käyttää ihmisen hallintaan.osoittaa.hän ymmärtää himon ja keksi siihen aseekseen opin seksuaalisuudesta.

tuli aika jumalaton.ihminen teki synnin.joka oli hänen lankeamuksensa Paratiisissakin.ei Eeva langennut himoon hedelmään.vaan ensimmäinen ihmispari lankesi syntiin.olla kaikkitietävä.ymmärtävä.kuin Jumala.

ihminen halusi tutkia.tietää kaikki.miksi.hänen himonsa.syntinsä.johon hän lankesi Paratiisissa.

Viimeiselle tuomiolle kokoontuvat kaikki. Uskovaiset pääsevät taivaan iloon. Kadotukseen joutuvat ne, jotka eivät eläissään uskoneet. Tuomituilta enkeleiltä leikataan siivet ja ne muutetaan lihaksi ja ne joutuvat tulimereen tuomittujen henkien kanssa, jotka nekin muutetaan lihaksi.

5

baal.rimmon ja antikristus ovat saatanan luomuksia.ne ovat osittain henkivaltoja.avaruuden henkivaltojen ja saatanan tekemiä luomuksia.

Jumala loi ensin Paratiisiin ensimmäisen ihmisparin.Aadamin ja Eevan.mutta Raamattu kertoo:Jumala loi ihmisiä.maan päällä asui maa täynnä kansoja.kun Aadam ja Eeva karkoitettiin Paratiisista.he olivat ensin synnittömiä.mutta Raamattu kertoo:Adamin lankeemus oli niin suuri.että koko ihmiskunta lankesi.

Jumala loi kaikki kansat ympäri maailmaa. Hän loi ne eri värisiksi, ja hieman erilaisiksi. He olivat synnittömiä, kunnes Adam lankesi, ensimmäinen ihmispari ajettiin ulos Paratiisista ja syntiinlankeemus tuli kaikkien ihmisten osaksi, kuten Raamattu kertoo. saatana alkoi kiusata ja vietellä heitä. Heitä vartioivat Jumalan enkelit. Mutta saatana kiusasi ihmisiä, he lankesivat syntiin ja myös Jumalan enkelit lankesivat. Kun synti oli tullut suureksi ja alkoi tapahtua luopumusta, nämä vartioivat langenneet enkelit alkoivat antaa suojaksi erilaisia oppeja ja uskontoja ja perustaa papin virkoja. Esim. buddha on enkelin valaisema, ja tämä enkeli antoi buddhalle opin suojaksi saatanaa vastaa ja buddhan patsas ei ole varsinainen epäjumala, vaan langenneen enkelin antama patsas, jota saatana pelkää, mutta Kristuksen nimi kaataa. Samanlaisia ovat monet intiaani ja idän uskonnot. Maan päällä oli myös henkiä. Heitä on ollut paljon. Osa ihmisistä alkoi palvoa henkiä ja syntyivät Pohjois Amerikan manitou ja Afrikan noidat. Osa noidiksi sanotuista oli aikansa lääkäreitä, eivät siis pahoja ja näistä on tullut oman aikansa luontais parantamis opit.

Niin Jumala loi kaiken. Loi tyhjästä, Pojassaan. Hän loi tuhansia maailmankaikkeuksia ja niihin auringot, kuut, maat. Hän loi maahan Paratiisin ja sinne Adamin ja Evan. Raamattu sanoo: ”Jumala loi ihmisiä”. Hän loi koko maailman täyteen eri värisiä kansoja, intiaaneja, romaaneja, saamelaisia, keltaihoisia, mustia, arabeja. Ja he lisääntyivät ja elivät kymmeniä tuhansia vuosia synnittömänä. Ei ollut eikä ole evoluutiota. Kuten Raamattu sanoo: Jumala loi kaikki lajinsa jälkeen. Lajeja tuli ja lakkasi, lajit kyllä kehittyivät sisäisesti ja jotkut, kuten koirat eri rotuina, tai suden kanssa lisääntyivät ja sekoittuivat. Jumala loi erikseen kotieläimet, kuten lehmät, lampaat, porot, koirat, jne. Kissaeläimet ja susi ovat ikuisesti petoja. Ne ovat villieläimiä ja eivät täysin kesyynny. Kun Eva söi kielletyn hedelmän, jonka saatana käärmeen hahmossa tarjosi, hän lankesi ja hänen miehensä Adam lankesi myös, koska ei puhutellut vaimoaan, ja pyytänyt Jumalaa antamaan anteeksi. Jumala kirosi käärmeen, saatanan ja ajoi enkeleineen maan päälle. Samalla Eva ja Adam ajettiin paratiisista ja Paratiisia ei löydä, vaikka kävelisi läpi, emmekä tiedä, missä se oli, sitä vartioi Jumalan enkeli tulisen miekan kanssa. Aadamin lankeemus oli niin suuri, että kaikki ihmiset tulivat osallisiksi syntiinlankeemuksesta, kaikki maan päällä ja synti tuli kaikkien maiden ihmisten osaksi ja alkoi kivulla ja tuskalla työn aherrus.

Synti ei tullut maailmaan siksi, että käärme vietteli ensin Eevan ja sitten Adamin lankeamaan ottamaan kielletyn puun hedelmä. Mutta että Adam lymysi. Hän ei seissyt suorana Jumalan edessä vaimonsa kanssa ja vastannut teostaan ja pyytänyt anteeksi, sillä Jumala olisi antanut vielä heille anteeksi, sillä Hän antaa katuvalle armon. Ja tämän lankeemuksen Jeesus sovitti ristillä. Hän ei ollut tehnyt yhtään syntiä. Silti Hän oli yksin Jumalan edessä, kärsi Hänen uhritulensa vihan ja otti tuomion, joka meille oli langetettu ja heitti henkensä isänsä käsiin, kuoli, haudattiin, nousi kuolleista ja kulkee veljenä keskellämme ja on kotiemme Herra.

Vain Aadam.ensimmäinen ihminen.on luotu maasta.Eeva hänen kylkiluustaan.Raamattu sanoo:kaikki ihmiset on luotu taivaaseen.Jumala synnyttää heidät sinne.kun tapahtuu sikiäminen.joka tapahtuu luonnollisena hedelmöityksenä.sikiön alkio ei ole ensin ihminen.noin vuorokausi sikiämisestä Jumala antaa kohtuun taivaasta ihmisen vanhempien perintötekijöillä.nyt hän on ihminen.sen surmaaminen on murha.

6

Jeesus sikisi Pyhästä Hengestä.hän ei ole siinnyt Marian munasolusta.Jumala antoi Jeesus lapsen sikiön taivaasta Marian kohtuun.

Ihminen ei ole tullut maasta.vain Aadam on.Jumala on synnyttänyt ihmisen taivaaseen ja antanut sikiön äidin kohtuun.ihmisen liha kuolee ja maatuu.ihminen on iänkaikkisuusolento.kuolematon.ihmisen lihan kuoltua hänen sielunsa siirtyy iäisyyteen.hän saa siellä osan odottaa ylösnousemusta.uskovaiset pääsevät Aabrahamin helmaan.joka on ihana paikka.ne jotka eivät uskoneet.menevät vankeuteen.ylösnousemusruumis luodaan heti ihmisen lihan kuoltua.se on olemassa ja elää.se odottaa paikassa.mitä meille ei kerrota ylösnousemusta.ihmisen viimeinen leposija.hauta.on pyhä.sitä ei saa häpäistä tai ryöstää.ei tutkia.Jumalan enkeli vartioi jokaista kuollutta sielua hänen haudallaan.vaikka se olisi hajalleen mereen ripoteltu tuhka.

Paavali sanoi hänen Kristittyjen vainoamisesta:hän teki sen tietämättömyydessä.Paavali uskoi poikaan juutalaisena.hän uskoi juutalaisten lain poikaan.hän piti Jeesusta vääränä profeettana.joka oli tullut kumoamaan hyvän lain ja joka oli lain pojan vihollinen.Jeesus ilmestyi Paavalille Damaskoksen tiellä ja löi sokeudella.Paavali vietiin majataloon.hän eli hirveissä synnin tuskissa maatessaan sängyssä.helvetti pelotti.hän tiesi nyt vainonneensa Jumalan Poikaa ja Hänen omiaan ja tiesi.jos hän nyt kuolee.hän joutuu helvetin tuleen.Jumala lähetti Ananiaksen.joka saarnasi Paavalille synnit anteeksi.Jumala ilmoitti Ananiaksen kautta Paavalin uuden nimen ja tehtävän.

Jumala ei anna suoraan rukouksessa tai unessa syntejä anteeksi.eikä myöskään enkelinsä kautta.Jumala voi antaa armon lupauksen.kuten Paavalille.Jumala osoittaa.Hän on armahtanut ihmisen hänen pahoista teoistaan.ihmisen on vielä löydettävä uskovainen ihminen.joka saarnaa kaikki synnit anteeksi.

Paavali kuoli pois osastaan Saulus Tarsolaisena.hän sai uudestisyntyä uuteen osaan uskovaisena.Jumala ei koskaan syytä anteeksiannettuista synneistä.Paavalilla oli heikkoutensa.saatana kiusasi häntä ja muistutti syntiteistä.kuten Paavali joskus Raamatussa valittaa:en ole oikeutettu uskovaisen nimeenkään epäuskon syntieni takia.

saatana valehteli lihasta nousevan himon toteutuksessa tapahtuvan synnin.siemenen laskun.se ei itsessään olisi synti.siitä tekee synnin se.ettei ihminen yleensä saa puhdasta himoa.vaikka Jumala loi sen puhtaaksi.lihan himosta synnin tekevät muut synnit.jotka muuttavat himon saastaiseksi.näitä muita syntejä ovat kaikki Raamatun varoittamat himot.rahan.kunnian.vallan ja tiedon himo ja monet muut synnit.

Raamattu sanoo viimeisestä tuomiosta:kukin saa sen jälkeen.mitä lihassansa tehnyt on.anteeksiantamattomat synnit jäävät piikkeinä lihaan.ne tekevät saastaisen himon.ne kahlehtivat maailmaan.

kaikki harhaoppi on saatanalla lihaan iskettynä piikkinä.jota hän hallitsee pimeydestä.

Kukaan ei koskaan saa tietää.kuka käänsi Biblian ja miten se käännettiin.se on käännetty Jumalan ohjaamana ja kertoo Jumalan tahdon ja ilmoituksen.meni vuosisatoja.nousi ihmisiä.jotka halusivat kapinoida Jumalan maailmaa vastaan.korottaa itsensä ja kirjoittaa kirjoja ja muuta tekstiä.he muuttivat kapinallaan kirjoitustyyliä.tekivät nykyihmiselle Bibliasta vaikea selkoisen.uusi kirjoitustyyli ei ole Jumalasta.väärän.voimattoman ja järkeen vetoavan kirjoitustyylin lisäksi uusi raamatunkäännös sisältää paljon väärin käännettyä tekstiä.alkuteksteihin ei voi enää vedota.alkuperäisiä kirjoituksia vuosituhansien takaa ei ole säilynyt.tekstit ovat kopioituja.niissä on virheitä.virheellisiä.kirjakieli Raamatun maissa on muuttunut vuosituhansien aikana.kukaan ei enää ymmärrä kotimaissaankaan Raamatun ajan kirjakieltä.Bibliaan Jumala antoi ilmoituksensa.kuinka se käännetään.se on ikuinen.koskaan ei tule uutta Jumalan sallimaa suomenkielistä Raamatunkäännöstä.

www.ingramcontent.com/pod-product-compliance
Ingram Content Group UK Ltd.
Pitfield, Milton Keynes, MK11 3LW, UK
UKHW021347160826
14477UKWH00024B/547

9 789528 096115